아름다운 만남. 기억한 인연에

감사합니다.

울산 천보울 향장

2022. 3. 5

새벽에 깨어 황혼을 칠하다

권복술 시집

새벽에 깨어 황혼을 칠하다

인쇄 | 2022년 2월 21일
발행 | 2022년 2월 25일

글쓴이 | 권복술
펴낸이 | 장호병
펴낸곳 | 북랜드

      06252 서울 강남구 강남대로 320, 황화빌딩 1108호
      41965 대구시 중구 명륜로12길 64(남산동)
      대표전화 (02)732-4574, (053)252-9114
      팩시밀리 (02)734-4574, (053)252-9334
      등록일 | 1999년 11월 11일
      등록번호 | 제13-615호
      홈페이지 | www.bookland.co.kr
      이-메일 | bookland@hanmail.net

책임편집 | 김인옥
교   열 | 전은경 배성숙

ISBN 979-11-92096-54-4 03810
ISBN 979-11-92096-55-1 05810 (E-book)

값 10,000원

새벽에 깨어 황혼을 칠하다

권복술 시집

북랜드

한 권의 책 앞에서

하루도 바쁘지 않은 날이 없이
불철주야 뛰어다니며 열심히 살아온 날들.
막상 돌이켜 보니
한 장면도 뚜렷하게 남는 게 없다.
'그동안 나는 무엇을 하고 살았나?'
'내가 인생을 잘못 살았나?'

허전한 마음으로
이런저런 흔적들을 뒤적여 보았다.
가물가물 흩어져 있던 추억과 감동이
동글동글 눈을 굴리며 나를 쳐다보고 있다.
글 한 구절, 사진 한 장, 편지 한 조각…
'아! 그래 맞아. 그때 그 시절 그랬었지!'

많이 미숙하고 부끄럽고 망설여졌지만
내 삶의 소중한 순간들이기에
용기를 내어 한 권의 책에 남긴다

첫 시집『이름 없는 풀꽃』을 출산한 지 25년.
늦둥이 둘째의 산고는 더욱 힘들고 아팠다.
도움 주신 여러분들께 머리 숙여 감사드리며
책에다 입맞춤한다

2022년 원단에
월산 **권 복 술** 합장

차례

1 내 안의 나에게

2 자연에서 배운다

3 화마 속의 법문

4 당신이 있어 행복합니다

5 모두가 하늘입니다

1
내 안의 나에게

완화 의료실

숨소리조차 멎는다
저마다 한 짐 가득
무거운 삶을 펼쳐 놓고
마지막 장면을 디자인하고 있다

이젠 정말 어쩔 수 없이
다 내려놓아야 하는 운명 앞에
지난 삶의 장면들을
다듬고 있다

사랑과 기쁨과 행복
슬픔과 분노와 원망
후회와 미련과 두려움

불빛도 숨소리도 멎어버린 절박함으로
살아온 삶의 끈을 엮어서
영원을 살아갈 하얀 다리를 놓는다

거품눈물

심하게 충격을 받아 기절했을 때
액체의 위아래가 뒤집어질 때
음식이 오염되어 변질이 되었을 때
보글보글 거품이 일어난다

가슴이 아프고 쓰리다
이유도 분명치 않은 거품들이
심장으로 모여들어 부글부글 끓고 있다
끓어 넘친 거품들은
눈물이 되어 흘러내린다
얼굴엔 눈물 따라 골짜기가 생겼다

거품이 흘러내린 길 따라
따끔따끔 가시 꽃이 박힌다
심장의 거품들이
독가시였나 보다

멈춰버린 달력

애절한 시선들을 남겨두고
중단해야만 했던 무료 급식소
코로나19의 회오리에
직격탄을 맞은 놀란 가슴들
마스크로 입과 코를 틀어막고
1년을 넘고 2년이 넘었다

급식소 문을 기웃대는 허기진 걸음들
더 이상 기다릴 수 없어 문을 열었다
주저앉아 있는 밥솥과 그릇들
곳곳에 엉겨 있는 거미줄
벽에 걸린 달력은 2020년 2월에서 멈춰있다

코로나는 인류만 아픈 게 아니었다
해를 넘고 달을 넘어 애타게 기다려온 달력
세월마저도 격리되어 꼼짝도 못 하고
먼지 묻은 마스크를 덮어쓴 채
벽에 매달려 통곡하고 있었다

그때가 그립다 1

저마다 손에 손에
전화기 한 대씩 들고 다닌다
얼굴 보며 대화하고
사진도 찍어 보내고
은행도 되고 백화점도 되고
텔레비전도 된다

집집마다 자동차가 몇 대씩 된다
남편과 아내 아들과 딸 손자까지
부릉부릉 제각각 갈 길이 바쁘다
편리해진 세상 풍부해진 살림살이
그런데도
가슴은 왜 이리도 무겁고
목줄기는 왜 이리 말라오는지

밥상머리 오순도순 둘러앉아서
서로 서로 밥 한 술 덜어 내주며
빈 밥그릇 긁어 먹던
그때가 그립다

그때가 그립다 2

온 동네에 전화기는 딱 한 대
동장님 댁의 전화기는 동네 기지국이다
"길동이가 서울대학교 합격했답니다"
동장님의 목소리가 확성기에 울리면
온 동네가 들썩들썩 신바람이 난다

우물가에 옹기종기 콩나물시루들
사람마다 한 두레박씩 물 부어 주면
콩나물은 쑥쑥쑥 저절로 자란다
내 것도 네 것도 아닌 우리 콩나물

귀한 손님 오셨는데 이를 어쩌나
다급한 순이 엄마
잘 자란 철수네 콩나물 한 줌 뽑아 들고
돌쇠네 돌담에서 애호박 하나 뚝딱 따서
밥상 차려 손님 접대한들
그래 그래! 잘했다 잘했어!

참으로 따뜻하고 귀한 인정
사람의 향기 가득 넘치던
그때가 그립다

야간 자율 학습실

열대야가 내리깔린 도회의 밤
새하얀 불빛들이
꼼짝없이 갇혀 있는 곳
고3 야간 자율학습실
너무나 밝아서 차라리 처절하여라

열기와 답답함과 간절함이
불빛에 녹아 사방으로 터져 나온다
숨소리도 멎고
젊음도 멎고
째깍째깍 시간만 흔들리는 그곳

내일의 기대와 희망을
커다란 혹부리처럼 주렁주렁 매달고
시계추는 무겁게 일렁거린다

똥의 미학

알록달록 메뉴별로
아침저녁 순서대로
많은 대로 적은 대로
받아들인 양量대로
수박씨며 옥수수며
못다 한 책임까지

밥도 김치도 고기도 채소도
모양도 흔적도 없이 한 덩이가 되어
침묵으로 절규한다

난
오로지 진실만을 말한다
단 하나의 이름으로 말한다
똥의 미학

내 안의 나에게

난
네가 나를 알아주길 바랬고
하나 되길 애타게 기다리는데
넌 나에게 눈길 한번 주지 않고
욕심내고 화내고 취하고 싸우고
이런저런 이유로 바쁘기만 했지

넌 어느 날
힘없이 내게 다가왔었지
"날 한번 안아주겠니? 난 내 안에 네가 있는 줄을 몰랐어."
"난 언제나 널 기다리고 있어. 넌 바로 나니까."

몸뚱이는 마음을 알지 못하고
마음은 몸뚱이를 밝혀주지 못하고
서로가 서로를 몰라보고
헛바퀴만 돌렸구나

내 안에 빛나는 새로운 나를 만나
언제나 함께 빛나는 완전함으로 살아야 해
안녕이라 말하며 헤어질 때까지
원래 우린 하나였으니까

해체는 아름답다

세포 하나 생명의 씨를 얻어
세상과 만났다
살과 피를 만들고
뼈와 골이 굵어지고
가정을 꾸리고 후손을 기르고
이웃과 맞잡고 세상을 살았다

언제부터인가
몸은 살금살금 해체를 준비하고 있었다
뼈와 연골, 살점과 근육이
연결고리가 느슨하게 풀리고
꼬깃꼬깃 쪼그라드는 살갗
떨리고 주저앉는 다리와 허리

그래 맞아
해체는 태어날 때부터 설계된 것이야
성성한 영혼이 비장한 선언을 한다
해체도 청춘처럼 아름답다고!

세월이 두렵다

한 해의 마무리도 미처 못 했는데
어느새 새해가 들어오더이다

금년의 계획을 설계도 덜 했는데
내년이 문 앞에서 노크를 합니다

한 해가 언제 오고 언제 가는지
세월의 오고 감에
느낌조차 없을까 봐
두렵습니다

새벽에 깨어 황혼을 칠하다

산 정상에서 만난 저녁놀!
화와아!
태양이 마지막 열정을 불태워 그려낸
참으로 멋지고 황홀한 黃昏圖였다
넓고 우람한 구름더미 틈틈 새를 꿰뚫고
한 번에 쫙 쏘아대는 찬란한 빛 사위
만 가지 색으로 그려놓은 아름다운 그림들
그냥
눈물이 푹 쏟아지고
머릿 속이 그대로 하얘졌다

내 삶의 황혼도는 어떤 그림일까?
지금 이 순간 내 몸과 마음은
무슨 그림을 그리고 있을까?
아무런 내용도 색도 명암도 감동도 없는
백지 그대로인 나의 황혼도를 만난다

지금이라도 나의 황혼도를 준비해야 해
살아온 날들의 흔적이 그려놓은 밑그림 위에
살아갈 1초 1초를 멋지게 그려야 해
새벽에 깨어나 나의 황혼을 칠해야 해
내일은 새벽이 오지 않을지도 모르니
지금이 마지막 1초일지도 모르니…

암흑 그 후

두 눈엔 두꺼운 거즈가 씌워지고
천지는 암흑 속으로 가라앉는다
"절대 안정이 필요합니다."
숨죽이며 점점 조여오는 호흡
보이지 않아도 다 알고 있다
누구의 눈물인지 누구의 원망인지

적막과 두려움과 후회
입은 굳게 닫히고
귓바퀴는 돌돌 말려 귓속을 막는다
오장도 육부도 생각도 마음도
차곡차곡 암흑의 대열에 동참한다

괜찮아 잘될 거야
그래도 다행이야
고맙습니다
정말로 감사합니다

암흑 그 후 절망의 순간에
세상은 새로운 광명을 잉태하고
아름답고 상큼한 향내로 다시 태어난다

구석자리

불빛 바랜 채
장식도 향내도 없이
그냥 있어만 주면 좋다

뒷모습을 보는 이 없고
눈 이슬 보는 이도 없으니
해방된 나만의 자리
언제나 편안한 그 자리

오래 있어도 부담스럽지 않고
탐내는 이도 없어
늘 비어있는 자리

그냥 푹 파묻혀 안기고 싶은 자리
엄마 품같이 포근한
구석자리

나의 길을 가다

지구의 한편에선
세상이 통째로 떠내려가도
지구 저편에는
축제와 광란에 환호합니다

죽어가는 사람의 발꿈치 따라
탄생의 기쁨이 우렁차고
나무의 한 가지를 잘라내면
금세 새 가지가 돋아납니다

아홉 사람이 죽어도
남은 한 사람이 열 사람 몫을 살아가니
내가 바로 그 아홉 사람 중의 하나요
또한 남은 한 사람입니다

세상 만사는 변화무쌍하지만
그냥 나뭇잎 하나 툭 떨어질 뿐
당당하게 나의 길을 걷겠습니다

굴레

어느 날 갑자기
흉측하고 부끄러운 나의 굴레를 만난다
"이건 내가 아니야!"
못마땅한 눈길로 슬금슬금 밀쳐 보지만
지난 삶에서 내가 만든 나의 굴레

멋지고 훌륭한 새 굴레를 만들어야 해
다급한 마음
만들고 버리고 버리고는 또 만든다
조금도 달라지지 않은
옛 그대로인 것을

마지막 한번만 더
천천히 더 천천히
순간에 집중하며 정성을 다해
정직하게 만들자
비록 어설프고 비뚤어진다 해도
언젠가는 나를 닮은
정직한 나의 굴레를 만날 수 있겠지

2
자연에서 배운다

봄 살갈퀴꽃

아직은 싸알한 봄바람 속
마른 잔디 헤집고
겨우 고개를 내민 살갈퀴꽃
정수리에 묻은 흙먼지
살랑살랑 털어내다가
꽃 사랑 카메라에 딱 걸렸다

꽃 사랑은
엎들며 뒹굴며
땅속까지 카메라를 들이대도
꽃은 끝내 얼굴을 내주지 않는다

꽃 사랑 카메라는 진땀이 나고
꽃은 부끄러워 붉어만 가고
기어코 해거름 녘에사
'사랑의 아름다움'으로 피어나
달콤한 향기를 솔솔 펼친다

* 살갈퀴 꽃말 : 사랑의 아름다움

연리지

얼마나 그리웠으면
부둥켜안은 두 가슴이
기름되어 녹아 붙었을까

얼마나 애절했으면
살갗 속 핏줄에 파고들어
한 몸이 되었을까

그리워 그리워 더욱 그리워
두 핏줄이 한 몸 되어도
꼭 껴안은 두 영혼은
하나 된 줄도 모르는 채

하늘 향해 두 가지 내뻗으며
날마다 밤마다
하늘 길을 숨바꼭질한다

어미 새

조그만 날개를 쪼오옥 펼치고
둥지를 박차고 첫 날개를 편다
포로로롱 비뚜르르
그대로 풀썩 굴러 떨어진다

언덕바지 나무 꼭대기 위
엉덩이를 치켜든 채
눈도 꼼짝하지 않고
아기들을 지켜보는 어미 새
콩닥콩닥 애간장이 다 녹는다

괜찮아 잘할 수 있어
다시! 한 번만 더!
실패와 고난이 거듭된 후에야
아기 새는 비로소 어른이 된다

새끼를 어른으로 키워낸 어미 새
비로소 어미도 진정한 어미 새가 된다

봄 들판에서

대지에 엎드려 귀를 갖다 대면
불쑥불쑥 솟구치는 땅의 기운
대지에 드러누워 하늘을 보면
쏴아 쏟아지는 하늘의 기운
봄은 만 생명들의 분만실이다

아침에 뾰족이 새잎 하나 내밀더니
점심 녘엔 잎사귀 하나 불쑥 솟구고
저녁나절에 송골송골 꽃봉오리 맺히고
밤새 화알짝 봄꽃이 핀다

봄 들판에서 듣는다
거대한 생명의 꿈틀거림과 함성을
봄 들판에서 배운다
봄은 그냥
자연의 순리에 따를 뿐이라고

봄산을 그리다

파르스름 알록달록
봄산이 아름다워
붓을 잡고 서서
바라보고 또 바라봐도
그릴 수가 없구나

붓놀림이 제아무리 빨라도
산색의 변화를 따라잡을 수가 없고
천만 가지 색깔로 나누어 칠한들
금세 본 그 봄색을 그릴 수가 있으랴

하늘빛도 구름색도
봄색도 산색도
올올이 결결이 찰나에 변하니

차라리
내동댕이치고
그냥 두고 보리라

새의 하루

땅이 좋아 쪼르르
하늘이 좋아 포로롱
친구가 좋아 총총총
님이 좋아 꺄르르륵

쪼르르 포로롱
내려다보고 쳐다보고
총총총 걸음으로
웃음짓고 춤을 추고

너울너울 훠얼 훨
날개 맞대고 빙글빙글
여유롭고 멋진 새들의 하루

가을 향내

가을로 가득 찬 대지는
오색 빛 거대한 용광로
하늘과 땅이
한 빛으로 녹아내린다

산이 오색 활옷을 화려하게 걸치니
하늘은 쪽빛 치마 한 자락 우아하게 휘날리네
산이 굽이굽이 열두 폭 병풍을 치니
흰 구름은 하이얀 카펫으로 미끄럼을 타네

들국화 꽃잎 하나 입에 물고
가을 향내 한 됫박 코끝에 들이켜고
하늘빛 한 드럼을 정수리에 쏟아부으니
성급한 초사흘 달이
어느새 마음 가운데 내리네

겨울에 피는 꽃

세상 천지에 봄꽃이 만발이다
벌 나비도 덩달아 윙윙 바쁘다
내 꽃은 아직 피어나지 않고
가지를 붙잡고 애태우고 인내하며
태양을 손짓하며 땀을 흘린다
'내 꽃은 언제 피려나'

찬 서리 내리는 겨울
소리도 없이 우뚝 홀로 피어오른 꽃
세상은 오로지 겨울 꽃에 환호하고
고고하고 깨끗한 겨울 꽃은
숙성된 향내로 세상을 뒤덮는다

오랜 인고 끝에
대기만성의 완전함으로 피어나는 꽃
겨울 꽃은 조용히 미소 짓는다
피지 않는 꽃은 없다고

이름 없는 풀꽃

작고도 작은 씨앗
이슬 먹고 흙 먹고
영겁의 긴긴 세월 속에
살포시 웃음 짓는다

쬐끔해도 좋아요
안 보여도 좋아요
통째로 홀랑 날려가도 좋아요

당신의 눈길 한번
오늘에사 만났으니
꿈 먹고 사랑 먹고
행복할래요

눈꽃 세상

순백의 색 하나로
무한의 감동을 펼쳐낸 걸작
꼼짝도 하지 마라
숨도 쉬지 마라
천지가 쨍 멎어 버렸다

나뭇가지도 꽃잎도
산봉우리도 지붕도
철없는 어린아이의 가슴까지
숨죽이며 꼼짝 않고 그대로 버틴다

점 하나 그리지 않아도
색 한 점 칠하지 않아도
어느 계절 무슨 꽃이 이리도 고울까

눈! 눈! 눈!
천지가 새하얀
눈꽃 세상이 되었다

예쁜 새

늦은 등산길
세상이 온통 노을빛에 싸였다
하늘과 바람과 숲이
한 덩이로 빙글빙글 돌고 있다
툭! 정수리에 떨어지는 새똥
고개를 들어 쳐다보았다

한 번도 본 적 없는 작은 새
화려하고 고급스런 몸색
쪼르륵 쪽쪽쪽 해맑은 소리
꼬랑지를 부챗살로 쫙 펼치고
조그맣고 뾰족한 주둥이로
연신 종알댄다

나 한번 보고 가라고
세상은 지금이 가장 아름답다고
찰나에 모두가 사라지고 만다고

늦둥이 여름 맴

매애~앰
나뭇가지 한 자락을 거머쥐고
찢어지는 비명으로 울부짖는다

매~~매엠
세상을 향해 하늘을 향해
목숨을 걸고 통곡을 한다
제발 제발 내 말 좀 들어줘!

맴맴 매~~애앰
시간이 없어 제발 한 번만
지친 목소리가 하늘 문을 두드린다
정녕 급한가 보다

다가오던 가을 하늘
고개를 설레설레 젓는다
'그 사랑을 기어코 만나고 싶은 게로군'
오던 걸음 주춤 뒷걸음질 친다

만추지절

살얼음 속에 발을 담그고
맨 종아리 맨몸으로
호수를 지키는 나무들

바늘구멍 바람에
밤새 울어대는 문풍지는
목이 쉬고 지치고

허연 서리 밭에
빨갛게 말라버린 고춧대
매운 속이 따갑다

대롱대롱 얼어붙은
까치밥 감홍시는
날개 지친 새들의 약만 올리고

코끝 빨갛게 불을 지피고
하얀 입김 모락모락
손끝 시린 만추지절

낙엽 한 잎

아침 출근길
출입문을 열고 발을 내딛는데
호로록 날아와
가슴에 확 안기는 낙엽 한 잎

어쩜!
손바닥이 온통 발갛게 얼었네
간밤에 밤바람이 오죽 찼으면
손가락 끝이 쪼글쪼글
오그라 붙었구나

호오! 호오!
밤새 불어댄 입김이
아직도 송글송글 성에로 매달렸다
호오오!
내 입김 한 입 더
얹어서 날려 보낸다

저 혼자 야단이네

태양은 그냥 제자리서 불타고 있을 뿐
제 몸 뜨거운 줄 알기나 하랴마는
사람들은 춥다 덥다
저 혼자 야단이네

물은 그냥 낮은 곳으로만 흘러갈 뿐
제 몸 젖는 줄을 알기나 하랴마는
사람들은 가뭄이다 홍수다
저 혼자 아우성을 치네

바람은 그냥 수평 따라 흘러가고 있을 뿐
제 몸 나는 줄 알 리도 없겠지만
사람들은 태풍이다 폭풍이다
저 혼자 야단이네

3
화마 속의 법문

그대로 놔두고 보자

마음속엔
하고 싶은 말들이 시끌벅쩍
갖가지 욕망과 분노로 부글부글
얽히고설킨 번뇌 망상들
불덩이를 삼킨 듯 온몸을 태운다

잠시
모든 것 다 그대로 놔두고
마음 밖으로 나와
멀찌감치 서서 나를 본다

아우성치던 말들이 침묵으로 가라앉고
날뛰던 생각들도 서서히 사라지고
회오리치는 번뇌도 차차 잦아진다

아무것도 쫓아가지 않으니
마음 날뛰던 그 자리가
그대로 고요해져 공空이 된다
모든 것 다 가득 채운 만卍이 된다

아무것도 몰랐습니다

사랑도 모르고 살았습니다
미움도 모르고 살았습니다
기쁨도 슬픔도 행복도 불행도
아무것도 모르고 그냥 살았습니다

숨 한 번 쉬는 찰나에도
우주의 기운으로 살고 있고
세상만사 희로애락이
한순간의 마음에 있습니다

내 마음 하나에 온 세상을 품고
세상은 나를 품고 있다는 것을
내가 우주고 우주가 나라는 것을
단지 모르고 있을 뿐입니다

선善의 불씨

작은 선善이라도 진심을 다한다면
거룩한 공덕의 불씨가 되고
작은 불씨가 자주 쌓이면
어둠을 밝히는 빛이 된다
한 자루의 촛불이 여러 개 모이면
세상을 밝히는 커다란 횃불이 된다

배신을 당하고 오해도 받고
모함도 당하고 배은망덕도 겪지만
진정한 선의 마음으로 바라보면
언제나 밝고 어디서나 빛을 낸다

선의 불씨는 지옥도 녹이고
악마도 선하게 만들진대
오로지 선의 불씨 하나만 챙긴다면
인생사 희로애락이
그대로가 행복이리

화마 속의 법문
-임휴사 불타던 날

아! 부처님
이글거리는 화마 속에서도
가만히 미소 짓고 계셨더이다
시뻘건 화염에 숨이 막혀도
깊은 선정에 젖어 계셨더이다

눈뜨고 깨어보니
앉은 자리 흔적이 없고
연기 내음 매캐한 아수라 속에
새카맣게 타버린 숯덩이 하나 남긴 채
미련 없이 허공 가득 흩날리더이다

내가 언제 그 법상法床에 앉았더냐
내가 언제 부처라 하였더냐
부처는 내던지고 입염불만 해대는 중생들아
네놈들이 정녕 부처의 종자더냐
화마 속의 법문은 천지를 호령한다

선방 풍경

웨~앵
귓전에서 남실대는 모기 한 마리
참선은 아무나 하나?
묵언! 집중!

웨~앵
머리카락을 슬쩍 건드려 보는 고놈
내 소리가 들리나?
아직도 멀었구먼!

귀밑에 살짝 자리 잡고 앉는다
간질간질 따끔따끔
철썩!
귀밑머리에 한 방 내리친다

그러게 참을 때 적당히 해야지
난 아직 멀었어
살생중죄 참회하옵니다

돌개바람이었네

내 일인 줄 알고
땅이 꺼질 듯 울부짖으며
두려움과 절망 속에
가슴은 까맣게 재가 되었지

내 것인 줄 알고
천하를 얻은 듯 기뻐 날뛰며
더 높고 화려한 욕망을 향해
뛰고 쓰러지고 숨이 막혔지

세상만사 희로애락이
내 것으로 남은 것은 하나도 없고
인연 따라 잠시 어우러졌다 휘돌아가는
한순간의 돌개바람이었네

만물이 부처 처처가 극락

눈을 감고 새 세상을 만나다

굳이 한겨울 탓도 아니련만
텅 빈 법당은 묵직하고 싸늘하다
마음의 고삐에 힘을 줄수록
몸은 더 어색하고 불편하다

조용히 가부좌를 튼다
몸은 요동도 하지 말고
마음은 솜오라기조차 흔들지 말고
지긋이 나를 집중한다
숨소리 마음소리 몸 소리

저 멀리 높은 하늘 가운데
어머어마하게 크고 화려한 궁전이 있다
수천만의 부처님과 찬란한 빛과 광명
향기 가득한 꽃과 보석과 만다라
아 여기가 극락인가 보다

만물이 부처 처처가 극락

극락은 무너지고

갑자기 뇌성벽력이 내리치고
하늘이 터지고 천둥이 울린다
궁궐도 부처도 보석도 만다라도
한순간에 천만리 낭떠러지 아래로
곤두박질치며 박살이 난다
산산조각으로 부수어져
쓰레기가 되어 너부러져 있다

온갖 쓰레기와 오물들
썩은 나무와 가시덩굴
죽음과 고통에 뒹구는 생명들
시체와 똥과 오물과 악취
여기가 지옥인가?
하얗게 백치가 되어 서 있다

만물이 부처 처처가 극락

넋이 빠진 채 멍하니
쓰레기가 되어버린 잔해들을 바라본다
자세히 바라보니
발아래 밟히는 작은 조각이 반짝 빛난다
조그마한 모래알이 부처님의 모습이다

땅도 바위도 나무도 돌멩이도
벌레도 풀도 먼지도 마른 똥도
크고 작고 비뚤어지고 깨어진 채
생긴 모습 그대로
모두가 빛이 나는 부처님이었다
세상이 온통 살아 숨쉬고
아름다운 광채로 빛나고 있었다

화려한 극락이 금방 쓰레기가 되고
쓰레기더미가 금방 빛나는 극락이 된다
이 세상 만물이 모두가 부처요
이 세상 모든 곳이 다 극락이로다

만물이 부처 처처가 극락

중생과 부처

눈을 뜨니
텅 빈 법당에 홀로 앉아 있다
상단에 계신 부처님은
언제나처럼 빙그레 수인을 짓고 계신다
'내가 어디 가서 무엇을 보고 왔나?'

부처님을 우러러 묻는다
"당신이 부처입니까?"
  끄덕끄덕
"부처는 다 부서지고 없습니다."
  끄덕끄덕
"나는 부처입니까 중생입니까?"
"이 세상은 극락입니까 지옥입니까?"
빙그레
일체가유심조

한 줄기 바람처럼

삼세의 부처님이 설하신 것처럼
수많은 선지식들이 실천해 온 것처럼
언제 어느 순간이라도
걸림 없이 떠날 수 있는
삶을 살고 싶다

본래의 맨 마음을 알아차리고
챙겨보고 또 챙겨보고
내려놓고 또 내려놓다 보면
맹물처럼 맑은 본마음이 되겠지

오늘을 그냥 살아가듯이
내일을 그냥 죽어가야지
그물에 걸리지 않는 한 줄기 바람처럼
거침 없이 그냥 살다 가면 되겠지

바로 네놈이었구나

내 맘을
새카맣게 태우고 있는 건
남 앞에 우뚝 서 보이지 못해
애타는 자존심
바로 네놈이었구나

다급한 변명 되뇌며
펄펄 뛰고 있는 건
초라해진 자존심
바로 네놈이었구나

내세우면 세울수록
변명하면 할수록
점점 무너져 내리고
초라할진대

조용히 고개 끄덕이며 미소지을 때
참 빛 네 향기가 빛나는 것을

엄마의 방

방 구석구석은
온갖 것들로 가득 차있다
종이 한 조각 실매듭 하나부터
100년 넘는 유품까지
현실과 추억과 미래가 함께 뒹군다

"제발 좀 내다 버리세요"
"그래 치워야지"
방은 끝내 치워지지 않는다
"혹시 이런 것 있어요?"
"오냐 오냐 옜다 옜다"
도깨비 방망이 만사형통 만물상이다

방이 비었다
티끌 하나 없이 휑하다
만물상 조각들의 환영만 어른거린다

흔적 없는 보물 조각들을 눈물로 쓸어 담고

우주 끝 이쪽저쪽을 오가며

비척비척 가슴이 무너져 내린다

산사에 오르며

살여울 따라 타박타박
끊어질 듯 이어지는 산길엔
세월이 흘리고 간 회한들이
낙엽처럼 쌓였다

은은히 들려오는 목탁 소리
골바람 타고 흩날리는 그윽한 선향이
조르르르 마중 나와 빈 가슴을 적신다

산사로 오르는 좁은 길은
수많은 선인들의 법어들로
발자국마다 인드라망을 엮는다

파르라니 깎은 머리에
무상無常은 반사되고
합장한 두 손 안에
삼세가 하나 된다

처음부터 없었더라

뙤약볕 폭염에 세상은 불덩인데
산골짝 개울물은
등골이 오싹하게
발이 통통 시리다

쏴아 골바람 한 줄기
머리 밑에 맺힌 땀방울을
휙 쓸어안고 달아난다
"어이 시원하다"

응? 어디 갔지
그 냇물 그 바람
지금은 어디서 뉘 땀을 씻고 있을까
찰나에 모든 것이 흘러가 버리니
뉘를 보고 시원타 하고
뉘를 보고 고맙다 할까

손 흔들며 고맙다 할 순간은
처음부터 없었더라

4

당신이 있어 행복합니다

아마도 우리는

언제부터였을까
우리가 가슴을 맞대고
호흡을 함께 나눈 지가

아무런 소리도 기별도 없이
하나의 성냥개비 조형물이 되어
서로가 서로를 부둥켜안고
밤낮없이 한 몸뚱이로 서 있잖아

너를 믿고 나를 믿고
손과 손을 꽉 맞잡고
등 내밀어 받쳐주며
함께 가고 있잖아
같은 방향 한곳을 바라보며

아마도 우리는
아주 오래전 전생 그 전생부터

한몸 한마음으로

함께했었나 보다

그 님의 향기

천년을 지켜온 수려한 은행나무
통실통실 공들여 키워온 열매들을
나무 아래로 두두둑 쏟아 놓는다
아 빛이 참 곱기도 하다

대조구국원大朝救國院의 이사장님
大朝 내 민족을 구해주소서
인류가 모두 행복하게 해주소서
100세를 훌쩍 넘기신 노구老軀에도
새벽부터 늦밤까지 합장하고 기도하고

은행 알 대여섯 개
조그만 깡통 속에 챙겨 넣고
알코올램프에 돌돌돌 구우신 후
노환의 양약으로 삼으시던 그 모습

통실통실 탐스런 은행 알을

두 손에 주워 들고

품어가 반길 이 없는 그리움에

은행 알은 눈물방울이 되어

투두둑 땅바닥에 도로 주저 내린다.

님의 향기가 허공에 흩어진다

◎ 대조구국원(大朝救國院)이란?

　　우리 민족 권익 보호를 위해 재일동포 거류민단을 창단하신 오기문 여사님께서 분단된 조국을 구해야 한다는 구국정신에서 '사단법인 대조구국원'을 세우셨다.(경북 고령군 쌍림면 소재)

◎ 大朝란?

　　大韓民國과 朝鮮人民共和國(남한과 북한)을 함께 지칭함.

당신이 있어 행복합니다

뙤약볕에 눈이 시린 도심의 도로
광장처럼 넓은 아스팔트의 차도엔
이글이글 불꽃이 피어오른다
사람도 차량도 땀범벅이 되고
상기된 얼굴마다 짜증이 매달린다

횡단보도엔 녹색불이 켜지고
사람들은 우르르 햇빛 속을 내달린다
지팡이를 짚고 비척걸음으로
넘어질 듯 아슬아슬 힘든 발걸음
횡단보도는 십 리보다 아득하다

번쩍번쩍 신호등은 경고를 보내고
차들은 슬금슬금 머리를 들이민다
"괜찮아요 함께 가요"
손을 높이 들고 함께 건넌다

나둥그라지듯 인도의 턱을 넘었다.
얼굴엔 안도와 행복이 번지고
급한 숨에 녹아있는 애정 어린 눈빛
"고맙습니다. 감사합니다!"
울컥 목이 메인다
"당신이 있어 행복합니다"

로토루아의 사랑

천만년의 열정이
부글부글 애끓어도
그 님은 오시질 않아

하이얀 안개 자락으로
세상을 휘감고
푸하아…!
토해 터진 로토루아의
유황 간헐천

드디어 오늘
반짝이는 눈빛 하나 만났고
알몸 알마음이
한 덩이로 뒤엉겨

쿵당쿵당 부글부글

아롱아롱 송송송

천만년 연정이
행복되어 녹는다

　　◎ 로토루아
　　　　뉴질랜드 북섬에 위치한 도시
　　　　유황 간헐천에서

산호세 탄광의 기적

하늘이 무너지고 땅이 꺼지고

2010년 8월 5일
세상은 안타까움에 주저앉는다
"칠레국 산호세 광산의 붕괴,
  작업하던 광부 전원 매몰!"
하늘이 무너지고 땅이 꺼지고
듣는 이의 심정은 죽음 그 자체다

지하 720m 좁디좁은 갱도
언제 다시 햇빛을 만날 수나 있을지
굶주림은 얼마까지 이겨낼 수 있을지
어둠과 습기에 숨이 막히고
공포와 두려움이 심장을 비틀어 조인다

기진맥진한 사람들
서로가 서로를 받쳐주고 지탱하고 있음에
나 하나가 쓰러지면 모두가 허물어짐을 알기에

몸도 조심조심 숨결도 조용조용

몸속의 에너지를 최소로 아끼며

"하늘이여 부디 부디 살려 주소서!"

산호세 탄광의 기적

암흑 속의 사투

이틀에 한 차례 식사
우유 반 컵, 비스켓 한 조각, 스팸 반술
비상식량을 아끼고 또 아끼고
물 한 방울을 생명처럼 귀히 적시며
1초를 천년처럼 견딘다

"하늘은 우리를 버리지 않는다"
"우리는 틀림없이 살아날 수 있어"
"이 나라가 우리를 꼭 구해 줄 거야!"
"가족들이 나를 기다리고 있어!"
죽음과 함께한 17일간의 사투

구조대의 굴삭기가 700m의 갱도를 뚫었고
톡톡 신호 소리와 함께
흙덩이를 밀치고 굴삭기가 얼굴을 내민다
"33명 모두 살아 있어요!"

굴착기 나사못에 메시지를 끼워 넣고

톡톡 대답을 올려 보낸다

종이 한 조각이 천국과 지옥에 다리를 놓는다

산호세 탄광의 기적

네가 먼저 올라가 내가 남을게

감동과 환호로 천지가 흔들리고
기적을 향한 움직임은 1초가 급하다
무너지고 또 무너져도
희망은 멈추지 않고
기적을 향해 70일의 혈투는 밤낮도 없다

작은 도르래 하나에 희망을 매달고
물과 음식이 내려가고 카메라가 내려가고
무선 전신이 연결되고 목소리가 오가고
기적의 작은 캡슐이
위급한 순서대로 한 사람씩 실어 올린다

"네가 먼저 올라가"
"아니야 네가 먼저!"
"아니야 마지막까지 내가 남을게!"
눈물겹도록 아름다운 다툼에
세상은 또 한 차례 감동이 출렁인다

산호세 탄광의 기적

산호세의 영웅들

그들을 더 이상 가난한 노동자라 부르지 마라

누가 그들을 광부라 업신여겼더란 말이냐

이 세상에

이보다 빛나고 고귀한 정신을 가진 자

용감하고 위대한 영웅이 그 누구란 말인가?

마지막 한 사람마저 세상에 발을 내디딘 순간

태양도 눈이 부셔 빛 꼬리를 내린다

영원한 영웅들

산호세의 광부들이여!

영원한 기억

산호세의 광산이여!

2010년 8월 칠레 북부의 산호세 탄광이 붕괴되어 수백 명의 인명 피해를 낸 큰 사고가 있었다. 지하 720m나 되는 지하동굴에 33명의 광부가 매몰되어 생사가 확인되지 않은 상태에서 구조활동이 시작되었고 70여 일의 구조활동 끝에 33명 전원이 무사히 구조된 기적 같은 감동을 시로 노래한 것임.

님 오는 소리

가만히 눈을 감는다
그 님이 오시는 소리
투벅투벅 발자국 소리
스륵스륵 옷자락 소리
쐐액 쐐액 숨결 소리

살며시 눈을 떠 본다
님이 가시는 소리
숨결 소리 옷 바람 소리 발걸음 소리
눈물 한 줄기 주르르 흘러내린다

댕그마니 쳐다보던 강아지
멍- 뭘 그래
멍- 회자정리會者定離
멍- 애원일체哀怨一體
긴 하품 내뿜으며
초연스레 꼬리질을 친다

당신은 아십니까

소리 없는 눈물의 의미를
당신은 아십니까
웃음 속에 맴도는 서글픔을
당신은 아십니까

터지는 가슴앓이의 고통을
당신은 아십니까
달랠 길 없는 고독의 암굴暗窟을
당신은 아십니까?

비틀대는 발걸음보다
더 허기진 영혼은
차라리
당신 곁에서 돌이 되겠소
발밑에 부서지는 흙이 되겠소

영원한 어머니

언제나
보이지 않는 곳에 계십니다
들리지 않는 목소리로 얘기하고
소리 없는 걸음으로 다가오고
잔잔한 미소로 바라만 보십니다

목마를 땐 머리맡에 물 한 그릇 남기시고
지쳤을 때 자리때기 그늘 따라 옮겨 펴고
서러울 땐 가만히 등 다독여 주십니다
이젠 그만 어른스러워지라고
그게 다 인생이라고

태양이 사라져 어둠이 와도
당신의 빛은 바래지 않습니다
어두울수록 가슴속에 별이 됩니다
어머니는 영원한 빛이요
또한 그림자입니다

향란

깊은 산 정기 담은 야생란野生蘭
님이 캐다 심어준 귀한 선물
내 맘인 양
네 맘인 양
연붉은 꽃 한 송이
다소곳이 피었네

산골짝 흩날리던 님의 땀내
헐떡이던 숨소리
속 끓이던 순정이
살그머니 꽃술에서 웃음짓는다
긴 시간을 애태우며 기다렸노라고

너의 향은 님의 속내
너의 모습은 님의 뒷그리매
뿌리 속 물방울은 사랑처럼 진하고
꽃에 묻은 땀 내음은
옥향보다 깊어라

언제나 깨어있는 혼을 만나네

하얀 지팡이 하나 두드리면서
울퉁불퉁 산길을 잘도 오른다
시각장애인들의 봄 산행길
보이지도 않는 탄성이 터져 나온다
"햐 참 멋지다! 하늘도 기가 막히네"
"여기가 천국이냐 극락이냐"

두 눈 감을 필요도 없어
밤낮을 분별할 필요도 없어
밤낮으로 닫혀있는 육안을 통해
언제나 깨어있는 나의 혼을 만나네
눈부신 태양도 마음에서 빛나고
황홀한 봄의 축제도 마음으로 즐기네

하루가 금방이요 인생도 찰나인데
조금은 불편한 오늘에 감사하며
기쁜 마음 흥얼거리며 산을 오르네
영원히 깨어있는 나의 혼을 만나네

5
모두가 하늘입니다

갈림길

돌아서는 발걸음은
제 갈 길로 그냥 가고
마음은 그쪽으로 너를 쫓으니
갈림길은 이쪽저쪽
한 자리가 된다

이쪽으로 몸 한 발짝 옮기면
마음은 저쪽으로 두 발자국 내달리니
갈림길은 아득하기 그지없어라

태양은 구름 저쪽에 가려 있어도
마음은 무더워 진땀이 배고
쓸쓸한 미소 뒤엔
눈물이 콸콸 목이 메인다

시작과 끝이 만남은
제자리에서 맴을 도는 갈림길

떠날 줄 모르는

마음만 남겨둔 채

갈림길은 서럽기만 하다

잉태

웅크리고 앉은 너의 자태는
먼 창공을 향한
뜀박질의 찰나

지극히 작은 몸짓으로
우주를 점령하고픈 너의 포효
운명의 순간은 찾아오려나

님의 품이 비좁음이 아니건만
너의 어깨가 너무 큰 것임을
이제사 깨닫게 된 넌
어쩔 수 없이
웅크림의 표상이 되고

넓디넓은 창공은
거칠 것 없이 너그러운데
퇴화해버린 너의 날개는
큰 몸짓을 짊어지고 끙끙대고 있다
언젠가 펼쳐질 꿈을 잉태한 채

모두가 하늘입니다

갓난아기에게는 엄마가 하늘입니다
수술대에 오른 환자에겐 의사가 하늘이고
목마른 사람에겐 물 한 방울이 하늘이며
추위에 떨고 있는 사람에겐 모닥불이 하늘입니다
쇠똥구리의 하늘은 악취 나는 쇠똥이고
토끼들의 하늘은 파란 풀밭입니다

하늘과 땅과 태양과 바람
사람과 짐승 생물과 무생물
작은 못 하나 채소 잎사귀 하나까지도
각각 다른 곳에서
각각 다른 이름으로
모두가 하늘같이 소중한 존재입니다

고목

천년의 꿈을
텅 빈 가슴에 품고
하늘을 향해
침묵으로 승화된
거대한 몸짓

아름드리 둥지 속은
동굴같이 텅 비고
진딧물 참매미는
쪼고 간질대며 진을 빠는데
뜨거운 김 내뿜으며
그 큰 체구를 아금받게 버티누나

늠름하고 멋진 자태
수많은 생명들의 삶의 터전
죽어도 추하지 않으리
한 치 더 깊어진 텅 빈 동굴을
빈 껍데기로 가린다

숨 맛이 달다

넓은 나무 아래
맨발로 서서
조용히 마음을 모은다

살곰살곰 대지의 속삭임이
발바닥을 간질댄다
자릿자릿 하늘 숨결이
정수리를 토닥인다

머리끝에서 발끝에서
손끝에서 등줄기에서
구겨진 세포들이
토닥토닥 펼쳐지는 소리
서로 밀고 밀리며
제자리를 찾아가는 소리

후우우우
숨 맛이 달다

도토리의 변신

산책길 오가며 주워온 도토리들
얼추 한 됫박은 되겠다
저마다 잘났다고
데구르르 데굴데굴

우리도 훌륭한 변신을 해보자
혼자서는 안 돼. 하나가 되자
거짓과 아집도 버려야 해
껍데기를 벗고 부드러운 가루가 되자
거짓과 탐욕을 없애야 해
물결도 바람결에도 흔들려선 안 돼
씻어내고 우려내고 또 우려내고
고요 속에 이어지는 고행의 시간
순수한 도토리의 속살만 남았다

도토리와 물이 한 솥에서 만나고
불의 기운과 더불어 서서히 어우러진다

뽁짝뽁짝 뽀글뽀글 일체가 된다
끊어지지도 풀어지지도 않을 순간에
도토리묵이란 이름으로 다시 태어난다

그릇 따라 다른 모양이 되어
만인의 건강을 위해 보살행을 떠난다

사과가 정말 맛있다

사과나무 한 그루가 있었어
예쁘고 탐스러운 사과가 잘도 익었다
"아 정말 예쁘다 꼭 보석 같아"
"맛도 향기도 최고야"
사과는 반짝이며 뽐을 낸다

"밤낮없이 영양분을 만든 건 바로 나야"
"내가 꽃 피우지 않았으면 맺지도 못했을걸"
"밤낮으로 펌프질하며 물을 공급한 건 나라고"
"내가 없으면 잠시 서 있지도 못하지!"
태양이 방긋이 얼굴을 내밀고
구름이 천둥을 치며 빗방울을 뿌린다

사과는 더욱 발개진 얼굴로 말한다
"감사합니다 모두의 덕분입니다"
"맞아 맞아 모두 함께 해냈어"
"이 사과 정말 맛있다"

일출

온 정열을 하나로 모아
무겁게 내려앉은
어둠을 밀어 올린다

안개구름 걷어차고
찬란한 금빛 화살을 쏘아 올린다
함박웃음 온 누리에 쫙 펼치며
절규와 갈채로 세상을 밝힌다

어둠도 두려움도
걱정도 좌절도
쏴아 한 가닥 빛줄기에 녹여버리고
모두의 가슴에 희망을 심는다

찬란한 태양
위대한 힘
희망찬 하루를 박차고 오른다

해와 달

먼 듯 가까운 듯
무정한 듯 아닌 듯
너와 나 사이는
어렵고도 힘든 숨바꼭질

잡았다 놓쳤다
다시 잡는 아픔을 다독이며
달이 밝으면 밝아서 서럽고
햇빛이 찬란하면 눈시울이 매운

너와 난
원조처럼
하늘기둥을
맴돌고만 있다

해 뜨는 그곳

대망의 새해
일출을 향해 떠나는 행렬들
꼬리에 꼬리를 잡고 뒤를 따른다

동쪽이 어드메냐
독도가 동이더냐
해 뜨는 곳 어드메냐
적도가 그곳이냐

동쪽은 끝도 없이 동쪽으로 이어지고
새해는 끝도 없이 내일로 이어지는데
어디서 뜨는 일출이며 새해는 언제더냐

태양은 언제나
제자리에서 불타고 있는데
내가 서 있는 이 자리가
해 뜨는 동쪽인 것을

봄색이 어떠하뇨

봄색이 어떠하뇨
물색은 어떠하뇨
신록도 오만가지
물색도 오만가지

잎마다 잎줄기마다
같은 녹색 하나 없고
물방울마다 물결마다
같은 물색 하나 없네

찰나 찰나 변화무쌍
한량없는 색일진대
구태여 분별하여
노래한들 무엇하리

산은 산이요
물은 물이요
봄은 그냥 봄색이로다

마음이 웃고 있잖아

언제쯤
쬐끔 더 넓어지려나
요놈의 마음 그릇
비운다 비운다 하면서
부딪치면 조금도 나아지질 않아
탐욕과 분노 불평과 불만 아상과 자만
마음은 아직도 펄펄 끓는다

휴지통 없는 공중화장실
창틀과 바닥에 두고 간 쓰레기 봉지들
불끈
얌체 같으니라고…

순간 반짝이는 밝은 빛 한 줄기
'그때 나도 깜빡 그랬었지'
쓰레기통을 향하는 걸음이 가볍다
'헤헤헤…'
정말 마음이 웃고 있다

대지

죽을힘을 다해서 싹을 틔웠다
뿌리와 줄기를 뻗어 터를 잡았고
꽃 피우고 열매 맺어 신이 났었지
잘 익은 열매 향기 맡으며 행복했었다

울긋불긋 단풍 뽐내며 춤을 추었고
낙엽 되어 우수수 세상을 만회하고
이리저리 내몰리고 찢기우고 밟히고
온몸이 바스라져 가루 흙이 되었다

눈 비 바람 속에
긴긴 세월 꼼짝없이 엎드려 버티고
모든 것 다 감싸 안고
다지고 또 다지고
남김없이 기름 짜듯 숙성이 되니

모양도 색도 없는 평평한 땅이 되었다
만물을 길러내는 터가 되었다
우주의 근본 바탕인 대지가 되었다

시인의 공간

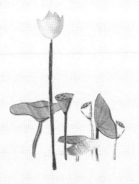

시인의 공간

\\\\\\\\\\\\\\

① 삶의 목표를 찾아

나이 30 중반쯤 되는 어느 날,

직장 선배가 나에게 물었다.

"권 선생은 왜 맨날 뛰어 다니노?"

예상도 못 한 엉뚱한 질문이 내 인생의 화두가 되었

다.

왜? 무엇을 위하여 맨날 뛰어다니는가?

돈, 명예, 권력, 부귀영화, 건강, 아름다움…

아니, 아니, 모두 다 아니야.

이는 다 살아가는 하나의 방법과 수단일 뿐

모두를 아우르는 궁극적 삶의 목표가 될 수 없어.

내 삶의 목표는 무엇인가?

초속 10,000km의 속도로 달린다 해도 정해진 목표
점이 없이 달린다면 그 자리에서 바쁘게 뛰기만 할 뿐
한 걸음도 나아가지 못해.
그런 삶은 아무런 의미도 가치도 없다.
나는 왜 무엇을 위하여 살고 있나?
오랜 세월 동안 삶의 목표를 찾기 위한 고뇌의 시간이
이어졌다.

■ 〈잉태〉

웅크리고 앉은 너의 자태는
먼 창공을 향한
뜀박질의 찰나

지극히 작은 몸짓으로
우주를 점령하고픈 너의 포효
운명의 순간은 찾아오려나

〈중략〉

넓디넓은 창공은
거칠 것 없이 너그러운데

퇴화해버린 너의 날개는
큰 몸짓을 짊어지고 끙끙대고 있다
언젠가 펼쳐질 꿈을 잉태한 채

■ 〈세월이 두렵다〉

한 해의 마무리도 미처 못 했는데
어느새 새해가 들어오더이다

금년의 계획을 설계도 덜 했는데
내년이 문 앞에서 노크를 합니다

한 해가 언제 오고 언제 가는지
세월의 오고 감에
느낌조차 없을까 봐
두렵습니다

■ 〈야간 자율 학습실〉

열대야가 내리깔린 도회의 밤
새하얀 불빛들이
꼼짝없이 갇혀 있는 곳
고3 야간 자율학습실
너무나 밝아서 차라리 처절하여라

열기와 답답함과 간절함이
불빛에 녹아 사방으로 터져 나온다
숨소리도 멎고
젊음도 멎고
째깍째깍 시간만 흔들리는 그곳

내일의 기대와 희망을
커다란 혹부리처럼 주렁주렁 매달고
시계추는 무겁게 일렁거린다.

■〈고목〉

천년의 꿈을
텅 빈 가슴에 품고
하늘을 향해
침묵으로 승화된
거대한 몸짓

아름드리 둥지 속은
동굴같이 텅 비고
진딧물 참매미는
쪼고 간질대며 진을 빠는데

뜨거운 김 내뿜으며
그 큰 체구를 아금받게 버티누나

늠름하고 멋진 자태
수많은 생명들의 삶의 터전
죽어도 추하지 않으리
한 치 더 깊어진 텅 빈 동굴을
빈 껍데기로 가린다

② 붓다의 가르침에서 길을 찾고

■ 상구보리上求菩提 하화중생下化衆生

2년이란 세월이 넘도록 삶의 목표를 찾아다녔지만 어디 가서 누구에게 물어봐야 할지 막막하기만 하고 도저히 답을 찾을 길이 없다.

부처님 전에 간절히 기도를 올려보자.

"제 삶을 바르게 이끌어줄 큰 스승님을 만날 수 있기를 간절히 발원합니다."

기도를 하고, 경전을 읽고, 법문을 듣고, 붓다의 생애와 가르침을 공부하는 동안 어렴풋이나마 상구보리 하화중생上求菩提 下化衆生(위로는 스스로 깨달음을 구하여

자기 인격을 완성하고 동시에 주변에 있는 모든 존재들을 돕고 화합하여 다 함께 행복을 누리도록 실천함)으로 삶의 목표와 방향을 잡았다.

■ 생자필멸生者必滅

태어난 모든 생명은 언젠가는 반드시 죽게 된다.

나는 하루하루를 살아가고 있는가? 죽어가고 있는가? 웰 빙Well-Being은 곧 웰 다잉Well-Dying이다. 올바르게 잘 사는 것이 편안하고 행복하게 잘 죽는 것이다.

육신은 생로병사를 거치면서 겉모습이 변화하고 죽게 되지만, 생명의 근본인 정신은 변하지도 죽지도 않고 영원히 존재한다. 곧 죽음도 삶이다.

■ 인과응보因果應報

내게 부딪히는 모든 것들은 나의 생각과 말과 행동이 만들어낸 인과因果에 따라 만들어진다.

좋은 마음으로 선하게 맺어진 선업과 나쁘게 맺어진 악업들이 서로 부딪히고 반사하고 얽히면서 살아간다.

지금 이 순간 내가 짓고 있는 업의 결과가 새로운 삶의 원인을 만들면서 끝없이 윤회한다.

인간으로 이 세상에 태어났다는 사실은 크나큰 행운이요 기적이다. 인간이기 때문에 사유할 수 있고, 인과를 이해할 수 있고, 잘못을 참회하고, 종래는 모든 얽힘의 원인을 깨달아 지난 자기 업망에서 벗어나 영원한 자유와 행복을 누릴 수 있다.

■ 〈해체는 아름답다〉

…전략…
언제부터인가
몸은 살금살금 해체를 준비하고 있었다
뼈와 연골, 살점과 근육의
연결고리가 느슨하게 풀리고
꼬깃꼬깃 쪼그라드는 살갗
떨리고 주저앉는 다리와 허리

그래 맞아
해체는 태어날 때부터 설계된 것이야
이제 돌아가기 위한 준비를 해야지
성성한 영혼이 비장한 선언을 한다
해체도 청춘처럼 아름답다고!

■ 〈선방 풍경〉

웨~앵
귓전에서 남실대는 모기 한 마리
참선은 아무나 하나?
묵언! 집중!

웨~앵
머리카락을 슬쩍 건드려 보는 고놈
내 소리가 들리나?
아직도 멀었구먼!

귀밑에 살짝 자리 잡고 앉는다.
간질간질 따끔따끔
철썩!
귀밑머리에 한 방 내리친다

그러게 참을 때 적당히 해야지
난 아직 멀었어
살생중죄 참회하옵니다

■ 〈엄마의 방〉

방 구석구석은
온갖 것들로 가득 차있다
종이 한 조각 실매듭 하나부터
100년 넘는 유품까지
현실과 추억과 미래가 함께 뒹군다

"제발 좀 내다 버리세요"
"그래 치워야지"
방은 끝내 치워지지 않는다
"혹시 이런 것 있어요?"
"오냐 오냐 옜다 옜다"
도깨비 방망이 만사형통 만물상이다

방이 비었다
티끌 하나 없이 휑하다
만물상의 환영만 어른거린다
사랑의 보물 조각들을 눈물로 쓸어 담고
우주 끝 이쪽저쪽을 오가며
비척비척 가슴이 무너져 내린다

■ 〈봄산을 그리다〉

파르스름 알록달록
봄산이 너무나 아름다워
붓을 잡고 서서
바라보고 또 바라봐도
그릴 수가 없구나

붓놀림이 제아무리 빨라도
산색의 변화를 따라잡을 수가 없고
천만 가지 색깔로 나누어 칠한들
금세 본 그 봄색을 그릴 수가 있으랴

하늘빛도 구름색도
봄색도 산색도
올올이 결결이 찰나에 변하니

차라리
내동댕이치고
그냥 두고 보리라

③ 모두가 하늘입니다

생명을 유지하고 살아가려면 공기와 물, 동물과 식물 등 이 세상의 만물이 다 필요하다.

모든 존재들은 서로 연결되어 상호 의지해서 살아가는 거대한 하나의 생명체이다. 어느 한 가지가 없어지면 그것에 연결된 것들이 차례차례 없어지고 결국은 전체가 생명을 잃고 죽게 된다.

한 사람의 몸은 수억만의 세포와 조직들이 모여서 서로 다른 생김새로 다른 역할을 하면서 사람이란 이름으로 함께 살아간다.

뼈는 뼈대로 피는 피대로 심장과 뇌와 손과 발…, 몸 안의 작은 세포 하나가 병이 들면 연결된 다른 세포와 조직부터 차례차례 병이 들고 결국 사람도 죽게 된다. 또한 모든 세포와 조직이 건강하다 해도 그 집합체의 바탕인 사람이 생명력을 잃으면 몸속의 수억만 세포들도 다 함께 죽고 만다.

세상 만물을 자기 생명처럼 귀하고 소중하게 여기며

서로 감사하고 사랑할 때 우주의 존재들은 모두가 함께 평화롭고 행복하게 살아갈 수 있으리라. 세상의 모든 것들은 다 하늘같이 귀한 존재이며 평등하게 존중되어야 한다.

■ 〈숨 맛이 달다〉

넓은 나무 아래
맨발로 서서
조용히 마음을 모은다

살곰살곰 대지의 속삭임이
발바닥을 간질댄다
자릿자릿 하늘 숨결이
정수리를 토닥인다

머리끝에서 발끝에서
손끝에서 등줄기에서
구겨진 세포들이
토닥토닥 펼쳐지는 소리
서로 밀고 밀리며
제자리를 찾아가는 소리

후우우우
숨 맛이 달다

■ 〈이름 없는 풀꽃〉

작고도 작은 씨앗
이슬 먹고 흙 먹고
영겁의 긴긴 세월 속에
살포시 웃음짓는다

쬐끔해도 좋아요
안 보여도 좋아요
통째로 홀랑 날려가도 좋아요

당신의 눈길 한번
오늘에사 만났으니
꿈 먹고 사랑 먹고
행복할래요

■ 〈모두가 하늘입니다〉

갓난아기에게는 엄마가 하늘입니다
수술대에 오른 환자에겐 의사가 하늘이고
목마른 사람에겐 물 한 방울이 하늘이며

추위에 떨고 있는 사람에겐 모닥불이 하늘입니다
쇠똥구리의 하늘은 악취 나는 쇠똥이고
토끼들의 하늘은 파란 풀밭입니다

하늘과 땅과 태양과 바람
사람과 짐승 생물과 무생물
작은 못 하나 채소 잎사귀 하나까지도
각각 다른 곳에서
각각 다른 이름으로
모두가 하늘같이 소중한 존재입니다

④ 사랑은 사랑을 낳고

삶은 매 순간은 만남으로 이루어진다.

인생에서 만남은 정말 소중한 자산이요 생명이다.

나의 삶에서 가장 소중한 인연은 어린 시절 함께했던 가
족의 사랑이다.

6.25전쟁 직후 모두가 가난하고 어려운 시절이지만 나는
가족들의 무한한 사랑 속에 걱정 없이 행복하게 살았다.

지금도 돌아가신 할아버지 할머니, 아버지와 어머니의 인
자한 모습이 한없이 그립고 고맙고 존경스럽다.

할아버지께서는 틈만 나면 여덟 명이나 되는 손자 손녀 들을 등에 업고 덩개춤을 추면서 싱글벙글 웃으신다. 모두가 최고요 대장이요 대감이요 우리 대통령이었다. 저녁이면 사랑채 들머리 방은 길손들의 잠자리로 내어주고 이튿날 아침상까지 챙겨주셨다. 새벽에는 먹을 갈아놓고 우리들에게 천자문을 가르쳐주시던 할아버지셨다.

할머니는 손자들이 하교할 때쯤이면 대문 밖에 나와서 신작로를 바라보며 서서 기다리신다.

"할매!"라고 소리치며 달려가서 와락 안기면 뒤로 넘어질 듯 비척거리면서도 반갑게 맞아 주시며 삶은 달걀이랑 과일을 챙겨 주신다.

20명이나 넘는 대가족의 살림살이와 농삿일, 자녀 교육, 동물농장처럼 수많은 가축들…. 많이도 힘드셨을 테지만 언제나 오냐오냐 웃으시며 8남매를 정성 들여 키워주신 우리 아버지 어머니.

어린 시절에 듬뿍 받은 사랑과 푸근함은 나의 평생의 에너지요, 자존감이요, 버팀목이 되었고 이웃과 사회를 사랑하고 위하는 마음도 어릴 때부터 싹튼 것 같다.

■ 〈완화 의료실 봉사활동〉

숨소리조차 멎는다
저마다 한 짐 가득
무거운 삶을 펼쳐 놓고
마지막 장면을 디자인하고 있다

이젠 정말 어쩔 수 없이
다 내려놓아야 하는 운명 앞에
지난 삶의 장면들을
다듬고 있다

사랑과 기쁨과 행복.
슬픔과 분노와 원망.
후회와 미련과 두려움.

불빛도 숨소리도 멎어버린 절박함으로
살아온 삶의 끈을 엮어서
영원을 살아갈 하얀 다리를 놓는다

■ 〈그때가 그립다 Ⅱ〉

… 전략 …
우물가에 옹기종기 콩나물시루들

사람마다 한 두레박씩 물 부어 주면
콩나물은 쑥쑥쑥 저절로 자란다
내 것도 네 것도 아닌 우리 콩나물

참으로 따뜻하고 귀한 인정
사람의 향기 가득 넘치던
그때가 정말로 그립다

■ 〈아마도 우리는〉

언제부터였을까
우리가 가슴을 맞대고
호흡을 함께 나눈 지가

아무런 소리도 기별도 없이
하나의 성냥개비 조형물이 되어
서로가 서로를 부둥켜안고
밤낮없이 한 몸뚱이로 서 있잖아

너를 믿고 나를 믿고
손과 손을 꽉 맞잡고
등 내밀어 받쳐주고
함께 가고 있잖아

같은 방향 한곳을 바라보며

■ 〈영원한 어머니〉

언제나
보이지 않는 곳에 계십니다
들리지 않는 목소리로 얘기하고
소리 없는 걸음으로 다가오고
잔잔한 미소로 바라만 보십니다

… 중략 …

태양이 사라져 어둠이 와도
당신의 빛은 바래지 않습니다
어두울수록 가슴속에 빛나는 별이 됩니다
어머니는 영원한 빛이요
또한 그림자입니다

■ 〈연리지〉

얼마나 그리웠으면
부둥켜안은 두 가슴이
기름되어 녹아 붙었을까

얼마나 애절했으면
살갗 속 핏줄에 파고들어
한 몸이 되었을까

그리워 그리워 더욱 그리워
두 핏줄이 한 몸 되어도
꼭 껴안은 두 영혼은
하나 된 줄도 모르는 채

하늘 향해 두 가지 내뻗으며
날마다 밤마다
하늘길을 숨바꼭질한다

5 피날레를 장식하며

■ 〈나의 길을 가다〉

지구의 이쪽 편에선
세상이 통째로 떠내려가도
지구 저편에는
축제와 광란에 환호합니다

죽어가는 사람의 발꿈치 따라
탄생의 기쁨이 우렁차고
나무의 한 가지를 잘라내면
금세 새 가지가 돋아납니다

아홉 사람이 죽어도
남은 한 사람이 열 사람 몫을 살아가니
내가 바로 그 아홉 사람 중의 하나요
또한 남은 한 사람입니다

세상 만사는 변화무쌍하지만
그냥 나뭇잎 하나 툭 떨어질 뿐
당당하게 나의 길을 걷겠습니다